포정의 칼

지혜사랑 300

포정의 칼

우종숙 시집

지혜

시인의 말

아침에 새가 꽃처럼 다가온다

다가 온 새에게 인사를 한다

사람과 꽃 사이에 봄이 지나간다

햇볕이 지나간다

그 자리에 새 발자국처럼 꽃이 피어난다

꽃이 새처럼 난다

이 이야기도 재잘 재잘 날았으면 좋겠다

차례

1부

2부

3부

4부

5부

1부

태양 하나를 낳았다

날개를 살짝 접고 내려앉은 새의
깃털에 이는 푸근함처럼
밤은 나를 어루만진다
어둑신한 밤,
이슬 먹은 여름밤의 말간 몸이
나를 감쌀 때 나는 느낀다

땅의 온기가 나를 데워옴을
희부연해질 때서야 나는
소멸의 아름다움,
흰 여우를 놓치며
해가 솟기 위해
꿈틀거리는 지구의 몸,
어지럼 섞인 황홀감에
홀연히 대지에 엎드렸다

별들은 낮에도 눈 뜨고 있다는 사실을
나만 홀로 알고 있어야 하는
외로운,
비밀이 하나 생긴 것이다
밤새 새들은 어디에 있는가

>
한 장의 밤으로 커튼을 쳤을 뿐
누군가,
밤새 잎이 무성해진
나무 곁에 엷은 바람을 심어 놓고
총총히 떠나간다
언덕 아래 인가들이
아침안개 속에 다시 태어났다
나는 밤과 몸을 섞어
눈부신 태양 하나를 낳았다

네 궁에 들고 싶다

논비알에서 피워올린 호박꽃

호박벌이 며칠을 들락거렸다

벌이 꽃 속에서 키워낸 호박 하나
여름내 자신의 집을 만들어갔다

햇빛 넘칠 땐 여린 잎사귀로 몸 가리느라
얼룩반점이 생기고 빗줄기 거셀 땐 비를 막느라
잎을 숭숭 찢기며 키워온 것이다

무성한 잎 속 노을빛 궁 어머니의 품에 안기듯
귀소의 눈물자욱 골을 이루어 너를 앉혔구나
마침내 잎이 마르고 타들어가 누렇게 마른 줄기

손금처럼 네가 만든 길 끝에 마지막 생명줄만이
탯줄처럼 꽃자리 배꼽을 잇고 있구나

꽃이 제 배꼽 속으로 길을 냈구나

제 속을 비워 무수한 길을 버려두고

한 생애를 완성한 네 궁에 들고 싶다

바퀴벌레

24시 편의점 형광빛에
더듬이 세우고 전진하고 있는 바퀴벌레
살아남은 것의 기쁨이 떨고 있다

누구일까 바퀴에게 이름을 준 이는
뛰는 놈 위에 나는 잘난 놈처럼
급하면 휙휙 날기도 한다는 바퀴들

여지껏 잘 굴러왔음으로
지금껏 견디어 온 내성이 대단함으로
험하디 험한 세기의 징검다리를 건너
질기디 질긴 삶을 끌고 와

아직도 멸종하지 않은
누구도 흉내낼 수 없는
무지막지한 잡식성
아무도 따라잡을 수 없는 순발력

막강한 종족 번식력에
놀라운 적응력을 가진
살아 이긴 승리자
우리는 바쁘게 발자국을 찍으며
슬픔을 키우며 살아가고 있다

주름 하나 없는 길

바퀴를 굴리며 골목을 빠져나간다
자전거를 탈 때면 공기의 힘을 만질 수 있어
살아 있는 공기에 마음을 씻는다

휘파람 불며 빛의 결을 따라나서면
가득한 가슴, 주름 하나 없는 길,
비탈길 아래로 매끄러운 바람의 상상
내 몸이 페달이 되어 저 홀로 굴러가면

땅의 탄력에 솟아오르는 뿌리의 힘을 퍼 올려
발은 땅에 뿌리를 얹게 하고
머리칼을 나무의 가지가 되어 출렁이게 한다
대지에 몸을 던지면
공기가 몸 속으로 폭포처럼 흘러든다

지평선까지 따라가면
길들이 솟아난다
가라앉은 세상이 강물처럼 출렁인다
가파른 길을 올라
저만치 내가 보이면 그 때

내가 끌고 온 길 너머

저기 투명한 길, 투명한 공기
바다까지 나가서
고래를 한 마리 잡아 끌고
집으로 돌아오는 것이다

장미와 고양이

반 야생인 듯한 너는
흔들리는 바람의 울타리로
네가 거할 놀이터로 원시림의 기억의 조각을 데려오다가
벌판쯤에 뀌뚜라미에 팔려 놓쳐버린 거니

너는 장미를 무슨 색으로 보았니
어떤 색깔로 보이니 그게 어린 나는 궁금했어
새끼의 죽음은 바람의 형상으로 기억되는 거니
너를 모르고 나를 모르고 세상에는 모르는 거 투성이구나

너는 알고 있니
하늘이 있고 빛이 있고 소리가 들리고
어둠이 오는 길목을 홀로 깨어 담벼락을 넘어 활보하며
새벽을 기다리고 해를 관조하는 네 눈빛에서
여유와 자유 생존을 배운다

가까이 가려면
잠시 바람으로 왔다가
이내 가버리는 너의 거처는 어디쯤이니

장미 가시 사이로 지나다
장미가 긁혀 바람이 긁혀 내가 긁혀
그래서 거들떠보지 않았니

돌개바람

제우스 바람으로 이 꽃 저 꽃 이 물 저 물 이 바람 저 바람 다 건들며 회오리 일으키고 우주의 품을 찢는다

신도 아닌 인간도 아닌 혼돈에서 태어난 구멍의 자식이라 파멸이 올지라도 즐거이 지옥에 떨어지리라 한 모금의 햇빛 드는 곳에서 사다리 타며 즐거이 희망을 꿈꾸리라 꿈꾼 죄로 뜨거운 땅에 묶이리라 프로메테우스 되어 죄를 달게 받으리라

태양을 삼키리라 바다를 다 마시리라 제우스의 제우스가 되어 친구하리라 있었던가 싶은 돌개바람 되어 죄를 잉태하리라 태풍의 지옥불이라 불리리라

숨죽여 머무는 고요가 아니었다

밥

항상 허기진 생이었을 움켜온 삶을 저만치 밀쳐놓은 발치에 텅 비어버린 길이 있다. 쉼표처럼 나는 이천년 전 미라처럼 눕는다 마취 없이 내시경을 위 속으로 밀어넣는다

남의 속 들여다보듯 내 속을 본다 속내가 훤히 보인다. 그때 뱃속이 훤히 보인다는 그 물고기가 떠올랐을까 마음길로만 건너왔을 돌아보지 않은 내 속의 몸 속 길, 밥이 쉬지 않고 지났을 길 엉킨 실핏줄 살 동굴 지나 오아시스처럼 고여 있는 위액이 나타난다

똥을 만들기 위해 살아온 것이다 죽을 때가 임하면 그렇게 똥을 다 세상에 내 놓고 빈집에 홀로 드는가 보다 똥을 세상에 내놓는 내 속, 산다는 것 가슴으로만 사는 것 아니다 똥의 길을 사는 것 개똥 말똥 소똥 염소똥 고양이똥 애기똥풀꽃 살아 있는 것은 모두 똥을 싸며 산다 우리는 똥을 사는 것이다

오랜만에 비운 뱃속, 다시 똥을 만들기 위해 만두국을 입에 떠 넣고 있다

산

바다에 가고 싶을 때 난 산을 오르지
층층나무 지나 가슴의 구층을 허문다

풀잎에 바람 지나간 뒤
오늘은 이끼낀 바위가 된다

새는 여전히 하늘 숲 나르는데
마음 두고 몸만 오른다

우수수 별들 떨어져 낙엽으로 눕고
나는 별 하나에 손을 얹는다

바람 속으로 이야기를 버린다
뒤돌아 보는 산 언제나 별을 덮고 눕는다

안개 구름 봉우리를 안아 흐를 때
부드러운 선 하나 긋는다

새는 공중을 가르고 물고기는 물 속을 뚫지만
나는 땅에 발을 붙여 선 하나 긋지 못한다

내장

차도를 건너다 차바퀴에 깔려
몸채만 남은 쥐의 내장을 보았네

거죽 속에 물컹한 살덩이로 있던 그것이
뛰쳐나와 라면발같이 풀어져 있었네

햇볕에 마르고 있었네 분주하던 그놈이
무슨 생각을 하며 머뭇대다가 그리 되었는지
혹시 못견딜 절망에, 슬픔에 뛰어든 것은 아니겠지

약 먹고 죽어 뻣뻣하게 굳어 뒹구는 쥐는
끔찍하기도 하지만 그 얄미운 놈 잘 뒈졌어 했더랬는데
그 놈도 내장이 있더군, 있었나

반들거리던 눈과 실룩이며 뻔질거리던
뇌와 이란성 쌍둥이 같은 순하디 순한
따뜻하고 말랑한 창자는

눈알을 굴리던 그 쥐가 아니었네
모든 살아 있는 것들은
저 고단한 내장이 있네

＞
뇌가 생각을 멈추어도 심장이 뛸 때까지
몸뚱이의 충직한 노예가 되어 무지막지
맡은 일을 열심히 해대는 창자를 지니고 있네

우기 끝난 길에 나왔다가 땡볕에 질기게 말라가며
타들어가던 지렁이처럼 거역할 수 없는
귀소의 한판

살아 분주했던 호흡의 멈춤
그 죽음의 정적 위로 아침 햇살이 멈칫거리며
잘게 부서지고 있었네

틈

틈새는 이쁜 말
적당한 틈 있어야 숨을 쉬지
딱 맞는 건 질색이야
지금 비는 틈바구니로 틈틈이 내리고 있어

그런 줄 알았더니 딱 맞는 건 질식이야
소나기가 최고지 그랬던 그 틈이 문제다
틈은 틈이다 작당이란 건 없다
틈이 사이에서 태어나는 사이
틈이 사이의 틈이 마구마구 번식한다

왕나비 날개 귀퉁이 그늘 틈 애벌레 구약구약 퍼진다
길의 주름이 펴진다 젖은 병아리 비릿한 털 주둥이가 태
어나고
말들이 삐약 삐약 쏟아져 나온다
꽃이 피는 사이 그 틈새 이때다
곰팡이 포자도 영토를 점령한다

감당하기 힘든 봄날처럼 아마득하기도 하지
그건 분명 틈들이다 경계에서 꽃이 핀다
틈은 아름답기도 했어 아름다운 봄빛 하양이었지
틈은 순식간에 자취를 감추고 언제 그랬냐는 듯

유리 문 틈으로 새어 나갔어

어제 꽃을 피운 적이 있어
주문 못 외운 시절은 지나고
어떤 나무들은 봄을 잃어버린 듯 춥기만 했지
틈만 나면 경계에서 말하는 버릇
단정지을 수 있는 것이란 없어
적당한 틈이 있어야 숨을 쉬지
틈새는 틈이 아니다

옥수리 느티나무

제 속을 다 내놓고 바람 섞어
상처 눅이는 날 보아라

여울물가 느티나무 제 속 보이며
끌어안지 말고 모두
여울물처럼 떠나 보내라한다

가만히 귀 대면 나직히 부르는 네 물소리
자꾸 고이는 메아리처럼
물소리 나를 때린다

이미 내어줄 것도 없이
삭아버린 달빛인 걸, 하다가도
눈 들면 별빛 고여 부서지곤 했지

강 불빛 기둥 일렁이는,
눈 감으면 가슴마저 비어 흐를까
밤이면 어둠까지 한 아름 껴안는
네 옹이 저 휘도는 여울의 물소리 닮아 있다

어슴프레 회오리 지는 마음의 저녁무렵
자꾸 눈에 밟혀 뒤돌아보면

별 오종종 모여 나 여기 있다고 손 흔들지만

자꾸 등 떠미는 밤바람에
떠밀리듯이 눈 익은 길 모퉁이로 돌아서면
제 몸 비워 만든 어둠의 구멍

어두운 곳에서 나고
어두운 곳으로, 밤처럼 아늑한
눈 들면 어둠 속에 별빛 고여 부서지는

저 소리 가슴 속을 날아다닌다

바닥을 거의 드러낸 강바닥
새가 앉아 있는지 연신 급하게 울어댄다

내 눈이 침침한가
새도 보호색을 띠어 돌과 같은 색인가

새는 보이지 않는다
아마 작은 새일진대
아, 새의 본질은 저 울음소리구나

보이지 않아 더 명료하게 들리는 저 소리
가슴 속을 날아다닌다
내 마음에 둥지를 튼다

내가 사라졌어요

빛은 규칙에 맞게 색이 되었지만
그림자만 남았어요

빛은 비껴가고
그림자는 점점 커지네요

바람 한 줄기 문틈을 빠져 나가네요
계단을 내려설까 올라설까 망설이는 동안

삐걱이는 발목
나는 가끔 출몰하네요

답이 없어요 구하지 않아요
답은 저 혼자 독불이에요

그는 독백이 답이란 걸 알아요
그림자 따라 뛰었죠
날개가 시큰거렸죠

2부

의자

빈 의자가 나를 따라 반 바퀴 돈다

하루를 돌던 저녁 해가 들이친 빈 방에서
등받이 의자가 흠음음 허밍 하듯 콧소리를 받아적고 있다

아버지 등에 업혀 이것은 무엇인가요 저것은 무엇인가요
그날의 질문들은 저 언덕에 부는 바람의 등에 업혀있고

아버지의 등은 콩닥이는 내 가슴 앞에 있어
뒤안 뜰을 지나며 흥얼거린 노래들을 다시 읊조리는 중
이다

서성이며 부르시던 호흡의 장단고조의 후렴구가
그 따뜻한 등을 기억하는 형상기억 의자처럼 의자의 등
에 묻어있어

의자가 흔들리며 후렴구를 이어 부른다

해 년年을 쓰다

다섯살 새해
제일 먼저 읽은 단어는
새로 건 달력에 있는 해 년年

아버지는 상형문자를 멋있게 써 주시고
말씀 없이 웃으셨지만

어린 내가 달과 해를 가슴에 품고
달은 무엇이고 년年은 무엇인가를

화 수 목 금 토
골똘히 생각하며 쓰고 또 썼지만

언어, 말, 몸, 그림, 빛
그때 갸웃한 말 그 불안의 말

묻고 또 묻고 지금까지 묻고 있는
기우뚱한 말

바퀴

바퀴가 멈추었다
과거에서 온 나는 어제의 길을 끌고 와 묵은 고집에 멈추
어 서 있었다

시동을 걸기 위해 기사는 배터리를 갈지 않고
뜻밖에도 간단하게 숨을 불어 넣고 가버렸다

내가 비어 있었구나
세워 두지 말고 자주 운전해 줘야 됩니다
그 말만 짧게 가볍게 남기고 갔다

명언처럼 비수처럼

잊고 있었다 너의 일은 달리는 일
나의 일은 굴리는 일 너는 구르고 싶다

나는 제자리에 있었다
숲에 숨어 있는 이끼 낀 큰 바위였다

엔진이 달그락거린다
박힌 돌이 시동이 걸린다
돌돌돌

바위와 진달래

운일암 반일암 가는 길
나는 들었다 봄의 말을
첼로가 한 음표 튀는 소리를

장미 로사리오를 외는 바위는
너무나 크고 나를 가로 막고 나를 짓누른다

초록이 아우성이다
도마뱀은 꼬리를 자르고 도망간다

한 무더기 진달래꽃 옆의 갸우뚱한 바위가
나에게 안긴다 소녀가 바위 옆에서 웃고 있다 바람소리다

나뭇잎 뒤채는 소리는 다하지 못 할 죄를
아우구스티누스 풍으로 고백한다

도마뱀 꼬리 앞에서
눈 맑은 소녀의 시를 본다

나무

바람이 가지를 흔든다
푸른 하늘에 줄기가 곧은 키를 키우고나면
다음에 잎들을 혹, 단 휘어진 가지가 온다는 사실에
나는 꿈을 응시한다

지금 꿈을 말한 게 아니다
물길을 헤치고 산 언덕으로 말의 가지를 뻗듯
시원을 찾는 연어 이야기일지도 모른다

거슬러 오르는 작은 파고들은 물의 기원이겠다
말들이 방울지며 출렁인다
말의 꿈은 글자들이 붕어빵 파먹듯 먹어치운다

꿈은 돋을 글자가 되고 말은 희미해지자 음계가 튀어나
온다
문득 눈에 들어왔던 그 길가에 몸을
펄럭이던 낮은 꽃은 무슨 색조의 푸른 음이었을까를 생
각한다

여린 화음은 따뜻한 숨길이겠다
못갖춘 마디의 음계 한 이파리가 물줄기를 따라간다
물방울들 낮은 음의 몸을 열어보인다

>
가지는 바람의 몸을 받는다
바람이 가지를 흔든다

성에

성에가 끼는 베란다 강추위에 화분에 물을 주며 얼지 않을까 식물도 체온이 있는지 만져보니 손 끝이 찡하고 갑갑하다

추운 곳에 웅크리고 잠들었을 고양이 생각도 그만하자라는 마음이 나를 잠식한다 내 안위를 위해 생각을 유기한다

시를 쓴다고 연필을 들었으나 무연하다
생각을 유기하기 위해 유기의 단어를 빌려 왔으나

유기의 모서리들이 추위에 떠는 이빨들처럼 달그락거리며 부딪친다 단어들을 제자리에 보내주기로 한다

아까보다 성에가 더 많이 끼었다

내일

어제는 덮어쓰기 한다
어제가 미끄러지고 커서는 매번
지금 여기서 어김없이 흔들린다 계기판에서
시계는 태양 흉내내듯 돌기만 한다

오늘인지 어제인지 알 수 없다
오늘은 어제와 섞인 탕액이다
두렵고도 위안이기도 하다

냄비 뚜껑 같은 내일
게임법칙은 소용 없어
변이에 변칙에 반칙까지
호잇호잇 구호를 불러보고
마술을 불러와도
아는 거 빼고 나머지는 모르는 일

이제와 짐짓 속은 척 모르는 척
시치미 떼본다
모르는 척 힘든 일이다
빨강 파랑 그래프가 혼선을 빚고
뉴스 속에 어제가 섞여 있다

살구나무

살아야지
살구 말구 눈물로 말고,
행화는 마디게 꽃으로 오더니
바람에 화르륵 가고

다 자란 꽃봉오리 잃고
더 이상 오그려 있을 수 없어
틈만 나면 길을 나서는데

사방에서 속삭이는 거짓쟁이들
닻도 없이 떠도는 배들
항구 밖에서 파도는 시퍼렇게 넘실대는데
깊은 바다 밑에서
하늘빛 기다리며 가라앉은 자식

저녁이면 돌아올 것만 같은데
집에 가야 하는데

눈물 마른 자국으로 얼룩진
이 몹쓸 봄, 살구나무는
검은 뼈 드러난 손가락들에
또 빗물을 퍼붓게 하고

잎을 흔들고 있다

살구를 매달고 젖은 땅에 시계추처럼
살아 있다고 흔들리고 있다

휑한 마당에 즐비하게 깔린
노란 리본 줍다가
빗방울 또로록 묻힌다
맑은 영혼들이 위태하게 매달려 있는

살구나무 아래에서

그녀

말하지 말자 말은 날개를 달거든
이슬 먹은 독사의 혀에서 독이 나오고
누에의 입에서는 비단 실이 나오지

그녀의 말은 반세기가 지나야
해독 가능한 언어 뒤늦은 주억거림,
물 한모금 입에 물고 하늘을 본다

몰래 키워온 독초는 나의 힘
나무 밑에 불쑥 자라난 독버섯
난 태양을 떼어 먹으며 비를 먹고 다녔지

살아가는 일이란 진퇴의 연속
반작용을 미리 착실하게 배웠더라면

슬픔은 어린 내 이빨을 갉아먹고
나는 새는 발음으로 네게 말을 건넸지

나는 귀먹고 그녀는 눈 멀어서
버스는 떠나고 다시 들린 고택에서
엄마의 아버지를 만난다

\>
내 어찌 알 수 있으랴
족속의 선한 비밀을 나의 옹졸함을
죄인이고 싶지 않은 아무렇지도 않은 척
길에 돌멩이를 차며 괜히 풀 순을 잡아 뜯고

농부 마음을 빌려 들판을 둘러본다
이제 마음이 지평선으로 만나는
그녀와 나는 또 다른 지표 위에서 길 떠난다

잘 다녀가세요

두려운 놈들이었죠

바다보다 넓은 세상이라는 놈
펄같이 엉겨 붙는 삶이라는 놈들 말이죠
암초가 어디쯤 있는지 알 수 없었지요

꿈보다 더 꿈같은 생이었지요
두서없는 말처럼 두서 없는 생이었다고나 할까요
있는 것을 버리고 없는 것만 찾아다녔지요
철 지난 청개구리처럼 말이에요
마냥 바람을 좇는 바람잡이였다가
구름 잡는 허풍쟁이였다가 거세당한 코뿔소였죠

그러다 이발소 액자 속 복돼지처럼 어미가 되었지요
그때부터 두려운 것은 시간이라는 놈으로 바뀌었어요
그 잡놈이 요술을 부리는 거였어요
꼬리도 안 밟히고 요리조리 도망다니는 잡놈 말이에요

어쩌면 시간기차를 타고 있는지 모르겠어요
어디쯤 여행하고 있는 중일까요
우리가 무엇을 응시하고 있을까요

잘 다녀가세요

목련이 피어

　목련이 목화송이처럼 폭발한 동네 산수유나무 듬성듬성 길을 당긴다 뒷산 오르는 길 언덕 무덤을 끼고 앉는다

　나는 무덤을 내려다보고 무덤은 동네 지붕 너머로 자신이 돌멩이를 고르며 새 길을 냈을지 모를 앞마당으로 난 잘 다듬어진 골목길을 넘겨다본다

　학하리, 봄의 입으로 내가 들어갔다 앉아 있으려니 새삼스레 새소리 들려온다 강아지가 나른한 풍경을 뒤흔들며 나와 무덤과 마을을 흔든다 새들도 바삐 날며 나무를 흔든다

　몸 속을 흘러다니던 기억이 뛰쳐나온다 몸이 근지럽다 뛰쳐나온 흐릿한 이생같은 기억,

　나는 다시 이 봄산 몸 속에 이생을 묻고 하산한다
　목련이 지고 있다

3부

흰 그림자

그림자였다

무릎 꺾인 관목들 지나 숲을 가고 싶었으나 자작나무 몇 그루 본 것이 다였으나 자작나무 숲을 보았다는 그의 말을 그린다 내가 보았던 숲은 접어둔다

낙엽을 그리고 그 위에 더 늦은 낙엽을 얹는다 내가 얻고자 하는 것은 저 늦은 자작나무 잎이 아니었다 가늘게 실눈 뜨는 하얀 자작나무 그 가지도 아니다 가지 사이 나무 둥치를 통과하는 하얀 빛일 것이다

그림 속 미완성의 자작나무가 서성이는 긴 빛의 그림자를 안고 알 수 없는 푸르른 어둠을 걸어가고 있다 그가 보았던 숲은 잔잔한 바람에 일렁였고 내 눈길에 흔들리고 있다

그늘은 늘 거기에 있었다 내가 한 일은 나무에 깃드는 빛이 아닌 흰 그림자를 그리는 일이었다

그림자가 희다

말을 삼키다

내가 쓰고 있는이라고 ㄴ 쓰기를 마칠 때

내가 쓴 글자들은 그대로
뻣뻣하게 식어가는 물체가 된다

글자는 숨 쉬지 못하고
그대로 굳어버리는 것이다

머리 속의 뜨끈한 생각의 덩어리가
얼음처럼 무겁게 종이 위에 내려 앉았다가
맛없게 해동된 쇠고기처럼 피도 물도 아닌
핏물이 줄줄 흘러 번지는 것이다.

충혈된 붉은 눈물, 너무 뜨거우면 말이 불타버릴테지

불에 데인 화인처럼 박히는 말을 삼키고
타버린 생각의 재 속에서 타다 만
모음 자음을 주워 검은 글자를 컴퓨터에

언 손으로 두드리고 있는 것이다

나는 말을 삼킨다

몸 속에 말이 있다

뱃속에 넓은 여울 같은
생각의 자루가 있다

위가 내게 말한다
내 생각은 뇌가 아니라
이놈이 날것의 사유를 하는 듯하다

내 기를 세상의 기와 조율하여
감정을 변환시키는 변압기인 듯하다

꼼꼼하게 네 글을 번역한다
늘 오독투성이 내지는 오역투성이였다

위의 언어는 내 몸이면서
알 수 없는 이방의 언어

속이 아파 내시경을 내려보내 보아도
위 속은 때로 표정없이
멀뚱한 표정을 짓기도 한다

필시 휘도는 여울물같은 생각의 자루를
내가 오염시켰을 것이라는 혐의를

스스로 자백한다
나도 모르게 너를 괴롭힌 것이다
너의 몸말,
몸 속에 말이 있다

자음과 모음의 창고
자음과 모음이 생각이 되지 못하고 엉켜 있다

글자가 되지 못한 몸 속의 말,
나는 몸말을 번역 중이다

수런거리다

연꽃처럼 물속의 진흙에 뿌리를 박고

물의 말을 물관처럼 뽑아 끌어 올렸으면 좋겠네

수련의 수런거리는 물소리로 말이

수면처럼 고요히 흔들려 살아있는 말이었으면

말의 중심에 들어 물방울처럼 튀어오르는

날아오르는 말이었으면 좋겠네

빛의 말이고 싶네

몸의 말

그만 생각하고 밖으로 나가
하늘을 쳐다보고 나무를 바라보라는
내 몸의 명령일까 머리가 종종 아프고 무겁다

말하고 싶지 않음을 몸이 이미 알기라도 하듯
입병이 자주 난다 스스로를 괴롭혔다는 몸의 언어다

위장이 자책하는지 에리고 쓰리다
척추뼈가 쿡쿡 쑤신다 한쪽으로 생각을 치우치지 말고
짓누르지 말고 가볍게 하라며 내게 주는 몸의 말씀일까

어깨 근육이 뭉쳤다 더러더러 근막통이 올 때는
너무 성난 뻣뻣한 말을 곤두세우지 말고
마음을 느슨히 풀라는 경고의 말씀이 아닐까

곤두선 솜털들 몸이 말을 한다

말을 베어버렸다

　호박을 가르다 손가락을 베었다
　살아있음을 증명하려 적막이 지루를 베어버려 말과 말
간격이 너무 크다

　말이 물기를 거둬 나를 버석거리게 한다
　바래진 말들을 각질처럼 살가시처럼 붙안고 사는 말은
새끼를 친다

　박박 밀어내면 더 일어서는 각질같다
　말을 베어버린다

　희미한 정신을 끊어내고 나를 갉던 잡다한 생각들을 버
린다
　말을 베어내도 말은 살이 붙어 자란다

　어떤 말들은 무거워 스스슷 화선지의 먹물처럼 번져 흑
백의 마음 무늬를 만든다

　봉인되어 길어진 손가락을 보며 보험금을 위해 아들의
손가락을 자른 아비라는 기사를 본다

　지루 속을 떠도는 말들의 일말을 그 적막함 속으로 나를
구겨넣는다

말

이마에서 우지끈 나무 부러지는 소리 들린다
머릿속에서 노을빛 불이 번지고 있다

머리 속은 온통 연기로 자욱한데
하늘은 왜 마냥 푸르기만 한 것인가

고삐를 쥐고 내몰 말이 없다
바람 사이로 미끌어져 사막에서 헤매인다

놓쳐버린 나의 말을 찾아 스스로 말 속에 갇혀 허우적거
리지

삶 속으로 언제부터였던가 들어와
휘어지게 하던 말 주인을 떠나 헤매 돌던 말이었다

다친 말은 달리지 못하고 길길이 날뛰며 상처를 키운다
광포한 말을 길들여 내달리게 하고 싶다

초원에서 살던 길 잃은 말이 있다

천개의 나

    종이를 찢어버려 글자들이 조각났다 조각난 말들은 제 의미를 놓치고 뿔뿔이 흩어졌다 깨진 유리조각 맞추듯 말을 기워 나갔지만 이미 생긴 틈으로 내 말은 너덜너덜해졌다 이은 자리마다 제각각의 뜻이 들어섰다

    박물관의 깨진 기와조각처럼 원래의 나와 모호한 나 사이에 천개의 내가 있었다

초록의 말

귀가 연잎처럼 커진다 해도
초록의 말을 들을 수 없어요
종아리가 물 속의 연 뿌리처럼 내리 박혀도
실뿌리를 뻗어도 물 속 언어들은 건질 수가 없어요

천사 발굽의 힘찬 리듬을 따라 걸을 수 없어
발자욱마저 흩어지고 말뿐
발자욱을 주워올 수도 감꽃처럼 목에 걸 수도 없어요

진주를 목에 걸고 귀에 달아도
반짝임을 남겼을 뿐
바다의 이야기 떠난 지 오래 전의 사건
전설이 되어버렸지

발자욱에 뿌리가 돋는다면
난 걷는 나무가 될 테지만
내 귀가 연잎이 된다면
이슬방울 굴릴지언정

사그락 바람소리는 낼지언정
연근 조림을 만들 수는 있지만
물길 깊은 연 뿌리의 꿈의 대화를
알아들을 수가 없어요

귀소의 칼

녹이 슬었다

얼마나 숫돌 갈기를 멀리 한 것일까 녹물이 뻘겋다 입에
곰팡이가 슬었다 혀가 굳어 딱딱하다 말이 무디어 잘 듣지
않아

자신을 갈고 있다 몸이 칼이 된다 머리칼 지느러미칼 송
곳칼 머리칼은 바람을 베고 지느러미 칼은 풍향을 잡는다
송곳칼은 수맥을 살핀 후 글자의 수심을 꽂는다

글자들이 흘러가는 곳이 어디인지 산란지가 어디인지 가
늠해야 한다 부화하는 알을 찔러야 한다

몸칼이 되어야 한다

발 달린 페가수스

말 밖의 동네에서 야후처럼 서성거렸어
말 밖에서 기웃거리며 먹이를 기다렸지

불 속으로 뛰어들 듯 말 속으로 들지 못하고
말 울타리 바깥에서 풀을 뜯었지
말의 부스러기 주워먹는

하늘로 솟구치지 못하는 날개 없는 페가수스가 되었네
발 달린 페가수스 울음 우는 구렁이 울음의 말

실어증의 날들 세상에 들어보지 못했네
거울을 되비쳐 보아야만 보이는 세상을 살았어

마주 보이는 허상 속
돋보기에 굴절시켜 상상의 기다림 속 실어증의 날들이었지

4부

닭백숙

엄마는 닭을 키웠다

 병아리는 상자에 넣어 아랫방 구석 모퉁이에서 키우고 닭
은 모이를 주어 탁구공만한 계란을 낳았다

 계란 끝을 젓가락으로 콕 찔러 새처럼 빨아먹었다 먹고
난 계란 껍데기에 쌀을 반쯤 채워 아궁이에 올려놓고 쪄 윗
집에 살던 남순이 언니에게 주기도 했다

 대부분 계란은 시장아저씨가 자전거에 계란 판을 쌓아 가
져갔다 삶은 곤 계란 속에서 살이 맑은 열빙어처럼 병아리
가 들어있는 걸 보기도 했다

 어떤 닭은 기운이 없는 듯 졸고 뛰어다니지도 않고 움직
이지도 않았는데 그런 날엔 저녁상에 닭백숙이 올라왔다

프로크루스테우스의 침대

수리공이 증세를 물었네

위장은 기본이고 허리 어깨 목부터 시작해 너도나도 질세
라 관자놀이 종아리 발뒤꿈치까지 서로 번갈아가며 사이좋
게 아프다고 말했네

몸 수리공은 장닭 비틀듯 목부터 좌우로 소리 나도록 돌
리네 목을 잡아 빼었네 다음엔 디스크 치료용 침대에 뉘이
더니 4경추와 5경추 사이를 사정없이 눌렀네

몸의 현들 굳고 녹 슬어버렸다네 골반 틀어져 다리 길이
다르고 몸 지탱하느라 척추도 굽었다네 등 근육이 마른 멸
치처럼 딱딱하다네

몸 수리공이 나사를 너무 돌리지 마라 경고하네
저 문 나서면 찐 멸치 마르듯 몸 굳어 간다네

프로크루스테우스의 쇠침대였네

호세

  런던에서 만난 올챙이처럼 배가 불룩 나온 스페인 버스기
사 호세 비디오와 영화에서 늘상 보던 트럭 운전수의 모습
을 한 표정 없고 덩치 큰 호세 버스 서는 자리가 아니면 결
코 기다려주거나 서지 않아 우리를 고생시킨 일등 버스기
사 고집쟁이 호세 부인과 이혼하고 아이 셋과 같이 산다는
고향 이야기를 덤덤히 하는 부푼 배만큼 슬픔이 가득 찼을
호세 어릴 때 듣던 우리집 머슴이었다던 순호 아저씨와 얼
굴이 겹치는 호세 버스 지킨다며 식사도 같이하지 않고 혼
자 먹는지 언제 먹는지 모르는 호세 스페인 말로 감사하다
는 호세! 그라시아를 외쳐도 눈썹만 약간 가라앉는 호세 마
지막 날 흰 이 드러내며 딱 한번 씩 웃어준 호세 그 털 수북
한 손을 덥석 잡게 만든

작은 꽃

꽃이 피었다 흥건히 피어서

내 의지와 상관없이 아픈 영광의 꽃밭이었지
봄날의 한 꽃잎이 상흔으로 울며 내게 다가왔을 때

행성으로 떠돌고 있었지
달아오르던 불수의근의 쿵닥거림이 멈추려 할 때
희미해지려 할 때 그 작은 꽃은 조용히
천사의 빛을 받으며 나를 보고 있었지

창가 옆에서 놀라 뒷걸음 칠 때
다정하게 다시 찾아 온
빛나는 꽃말들이 되었지

끄트머리

어스름 저녁의 빛을 점점한 수묵이라고 하자 그 밝은 것
과 어두운 것이 섞이는 시간 같은 언어가 나의 짝다리 언어
다 둘이 껴안는 시간처럼 나무들이 반쯤 합쳐지는 시간처
럼 우주가 실눈을 깜박하는 순간처럼 그러나 어둠이 스미
는 건지 밝음이 스며 안기는 건지

끄트머리가 사라졌다

꽃

살금살금 오고 있니
두 걸음이니

어디만큼 왔니
네가 보여

숨소리도 들려
웃음소리는 바람처럼
자꾸 옷깃을 헤치려고 해

너무 가까이 오지 마
향기 닿을 만큼 딱 그만큼에서
잠깐 있다 가
더 머무르면 숨이 멎을 거야

꿈이었으면 해
아니면 살 수가 없지
꿈에서 깨면
내가 시들 테니

아지매 보리밥집

아지매 보리밥집에 간다

보리밥에 맵디매운 고추장과 씻은 열무와 멸치 호박 숭숭 썰어 넣어 되직한 된장찌개를 퍼 넣고 쓱쓱 비벼먹는 아지매 보리밥집

툇마루 호마이카 둥근 상에 둘러앉아 이마 모으고 바쁘게 숟가락질 하다보면 금세 뚝배기 된장찌개가 비워지는

지나간 일기장을 뜯어 오늘의 페이지에 끼워 넣느라 정신이 없는 내게 귓속말처럼 들리는 할머니 말씀

물도 쉼 없이 흘러야 맑아지고 술도 익히고 묵혀 가라앉혀야 맑은 술을 얻을 수 있듯이 내 겉보리 같은 거스러미들을 다 비비고 비벼 하얀 알곡으로 남을 때까지 깎고 깎아야 사람이 된다던

대중목욕탕

　저 어릴 때 동네에서는 돼지를 잡아 평상에 올려놓고 이
리 뒹굴리고 저리 뒹굴리며 털을 깎았는데요 목욕탕에 가
도 그 평상처럼 장판 씌운 좀 높은 평상 같은 게 있어요 그
걸 바라보면 돼지 멱 딸 때 지르는 소리가 연상되는데요 오
늘은 김 오르는 그 평상에 누운 돼지가 크고 더 희어 순하디
순한 신종 돼지인가 했지만요 나는 그곳이 늘 무시무시해
서 멀리 떨어진 곳에서 잠깐 쳐다보고 심판대 같은 그곳을
돌아서 나왔지요

비빔밥을 비비다가

취나물을 넣고 비빔밥을 비비다가 당신이 계란 후라이를
곁들이듯 나도 당신이 준 참기름을 곁들인다

갔다 할 수 없는 봄처럼 가고 있는 봄처럼 왔었나 싶게 간
당신이 먼저 떠오르는 것은 왜일까

당신을 불러본다 이름 붙일 수 없는 당신이라서

오는 듯 가는 봄처럼 환한 한때의 오후처럼 애틋한 체온
처럼 당신은 마음속에서 시도 때도 없이 저 홀로 피고 진다

이름 지을 수 없는 당신을 불러본다

접시의 불문율

뽀득뽀득 수저를 닦는다
그릇은 높은 서랍에서 잠자고
나는 그릇을 닦듯 시린 손을 모은다

빈 접시에 코를 대면 네 냄새가 날까
마른 수건으로 접시를 훔치면 빛나는 잇몸이 보일까
사과가 놓여 있던 접시의 보자기를 들추면
환영처럼 새가 깃들까

그릇은 이가 빠지지 않았는데
화분 받침으로 놓으면 잎이 자라고 꽃이 필까
어렵사리 보자기를 푼 어깨가
국수처럼 길게 울었다

기도를 마쳤을 때 손은 왜 따뜻한가

5부

은행나무

　동네를 안고 있는 낮은 산발치 아래 진또배기 같고 물 고운 에미 치맛자락 같다 하늘 땅 이어주는 신의 큰 손바닥 되어 천공 아래 있다 지붕 위에 막 앉으려고 나래 접는 새처럼 해의 끈을 놓지 않는다 선조들이 지키려 했던 족보처럼 먼 신화를 만들어 내며 세월 그 언저리 이야기 무성하다 주술 같은 힘으로 땅 신의 혼불을 뿜어낸다 어제의 내력을 받아 들고 알알이 넋을 토한다 가지마다 내려앉는 햇살이 되레 새파랗게 놀란 표정을 짓는다 막바지 수행중이다

없다

방금 눈이 왔다는데 실비가 내리고 눈 흔적도 없다 어이 없다

꽃 피는 카페로 가는 언덕 길은 비 그치고 거짓말처럼 뽀 얀 햇살이 적나라했다 어이가 없다

눈은 간곳 없고 11월의 나무는 떨구지 못한 몇몇 잎 붙들 고 있다

꽃 피는 카페에는 꽃들은 없고 노란 국화만 몇몇 있다 장독 대와 국화 옆 낙엽 속에 어처구니 없는 맷돌이 파묻혀 있다

마주보이는 기와 지붕 위도 어처구니가 없다

눈이 왔는데 눈이 없다

횡단

멈춤이었다

붉은 헬멧과 사각 은빛 철제 통이 몸 둘 바를 모르고
태양은 잠시 붉었던 빛을 거두고
노란 구급차가 경적 속으로 사라진다

숫자 22가 깜박이기 시작한다 새파랗게
모래시계 속처럼 고요가 흘러내린다
장갑 낀 키 작은 아저씨가 발꿈치를 들고 깃발을 올린다

한 무리의 발목들이 흩어지고
순식간에 뒤쳐나와 따라붙은 오토바이가
만세 부르는 사람 모양의 大자가 그려진
붉은 선을 비켜 엑셀을 꿈틀 밟았다

검은 헬멧은 새처럼 V자를 그리며 순식간에 날아갔다
벌목된 발목들이 다급하게 몰려가 빗금 친 구역을 밟고
있다
숫자 9가 깜박인다 빗금 친 구역을 밟아야 하는데

나는 전신주에서 태양 속으로 날아오르는 새떼들의 하늘
을 본다

날아가는 새를 바라보던 아저씨가 까치발을 하고 커다란
깃발을 내리려한다

깜박이는 파란 숫자 5가 흘러내리고 있다

바퀴 없이

비 그친 뒤

이것은 새 발자국? 바퀴?

해독 중에 형용사는 그리움에 쓸린 목새가 되고 다음 역은 9페이지 그리운 간이역이 되었다

걸어오는 소리일까

그리움을 형용사로 모아 동사 바퀴를 달면 형용사들은 굴러가며 어떤 생각에 잠긴 모습으로 밖을 내다볼까

다시 비가 내리고

어느 역에 도착해 건네는 말은 뭘까

형용사 하나가 느린 동사를 데리고 나타났다가 동사가 형용사를 데리고 떠나

회전문에는 출구 모르는 형용사들

동사 없이 형용사 없이 바퀴 없는 그리움이 빗소리와 함께

발자국을 지운다

다시 비가 내리고
바퀴 없이 나는
덜컥덜컥

깍두기

무를 무 하고 길게 말하면 무가 떠오르고 부울하면 불꽃
이 타오르고 가앙 하면 벌써 바다에 닿는다 봄 봄 봄이다 말
하면 나비가 날아온다
　날개가 천천히 돋아난다

　눈 하면 눈 쌓여 찢어질 듯한 가지와 부러지다 꺾인 채 있
는 앙상한 소나무 가지가 다가오고 지하도 운전할 때면 매
번 다이나비의 박살난 사고현장이다 눈 깜박 할 사이 누군
가는 어디선가 저 벽에 스스로 박아버리고 싶다

　바람 핀 남편에겐 평생을 투덜댈 테고 딸 낳을 때 못 와 본
남편 뒷말 그녀는 40년 간이나 끈질긴 이야기의 끄나풀을
또 푼다 지치지 않는다 첫사랑은 기억의 자동기술법이다

　무하면 무가 뭔가 싶고 블랙홀 속에 빠지고 무슨 일이 있
나 두두두 뇌가 가동하고 무가 자라난다
　무수한 문 밖의 무

　무하면 물론 무
　도마 위 탕탕탕 땅이다 깍둑썰기 생각 끝에선 부동산이
스쳐간다
　소고기 무국과 무나물 비빔밥이 먹고 싶고

설겅설겅 씹히는 설렁탕에 깍두기

무가 깍두기 되어 돌아온다
깍둑 깍둑 무 무 무다
무한 깍두기다

단 무지 무가 없다
도 무지 무가 없다
무가 없다

체, 이름을 잃어

카, 뭐였더라
자전거 타고 그가 갔던 길 따라 꼭 돌아보고 싶었는데
해가 빛나던 그 맑은 길만 떠오른다
카, 아니 아니
아,
체 게바라, 게바라였지

강 뭐였더라 그
그 있잖아 강 시인
강 뭐더라

눈빛만 부분들만 불룩거울 클로즈업되고
글자들만 이리저리 왔다갔다 한다

해파리처럼 일렁이는 사물들
사건들
이름들이 있어야하는데 애기를 해야 하는데
이야기가 자꾸만 끊긴다

오늘은 그냥 마음에 홀로 블록 기억만 모습을
점점이 오목하게 묻어둔다

\>
뭐였더라 이름들이 흘러다닌다
내일 다시 기억하려고 머리 속을 헤집겠지
이름은 잃었어도 모습이 남아있어 다행이야

게바라 체 게바라

우종숙

고양이는 고양이 은행나무는 은행나무 나는 나
종숙 우유할 때 쓰는 우에요우종숙 아예 미리 두번 말한다

내가 우유가 된 듯했다 아니 우유를 마시는 내가 보인다

고양이는 고양이 장미는 장미 나는 나
오가 아니고 우리 할 때 우에요 우종숙

우유는 엎질러지고 우리, 너는? 그는?
말 말이야 그 말들 이 말 말고 저 말

이미 망치를 버렸는데 펀치만 날리고
미처 말 못하고 못내 얼굴이 사라지고
조각들만 편견들만 남았어

편편히 이어붙이는게 나의 말이라는 걸 나라는 걸
우유는 다 마셔버렸고 우유가 되어버린 나

사라진 말 쪼개진 말의 파편들 달리는 말
우유는 아니 나는. 말 등을 타고 슬픔만 말 등의 울음을
타며
말의 안장만을 조이지 말을 탓하며

\>

말은 울고 나는 말에, 미처 미치지 못하고
말들의 잔해 우유가, 된 나의 말이 저만치 혼자 달리고

사람의 소리

개는 개소리를 내고
돼지는 돼지소리를 낸다

그러면, 사람의 소리는 무얼까

여린 꽃을 보면 어머! 하며 입을 오므리고
태양이 빛날 때는 이야! 하며 목구멍을 벌리고
아기의 웃음 따라 씨익! 입 꼬리를 올리고
별을 올려다볼 때는 우와!

소리 내고 있었다

포정의 칼

말을 시퍼렇게 갈고 있다

단칼에 베어 아픔을 느끼지 못하도록 떨어진 제 목을 보고 환하게 웃을 수 있도록 내 말이 바람처럼 날렵해 표정이 베이지 않도록 포정의 칼처럼 평생을 쓸 말을 갈고 있다

모래에 스미는 물처럼 파랗게 벼리고 있다

푸른 하늘에 나는 새털처럼 부드러운 율동, 빛과 같은 속도로 꽂히는 한 마디 화살처럼 천리마가 날고 있다

그러나 뒷모습만 보이는 말은 자욱이 먼지만 남기고 사라져 버린다 고삐를 단단히 잡지 않으면 굴러 떨어지거나 제멋대로 날뛰기 일쑤인 말인 것을,

말이 나를 베어버린다

해설

온몸을 벼린 칼의 언어가 이른 곳

— 우종숙의 시

오홍진 문학평론가

온몸을 벼린 칼의 언어가 이른 곳
— 우종숙의 시

오홍진 문학평론가

　우종숙은 사물과 나누는 에로티즘으로 시詩로 가는 길을 열어젖힌다. 에로티즘이란 나(자기)와 너(타자)의 경계가 사라진 자리에서 피어난다. 자기를 고집하면 타자로 가는 길은 이내 사라져버린다. 시인은 「태양 하나를 낳았다」에서 에로티즘의 경지를 뚜렷하게 묘사한다. "날개를 살짝 접고 내려앉은 새의/ 깃털에 이는 푸근함"이나 "이슬 먹은 여름 밤의 말간 몸"이라는 시구로 표출되는 에로티즘의 풍경은 시 제목처럼 태양 하나를 낳는 거대한 사건으로 이어진다. "눈부신 태양 하나"를 낳기 위해 밤은 푸근한 마음으로 '나'를 어루만진다. 밤의 애무가 짙어질수록 땅의 온기는 더해지고 '나'의 몸 또한 그에 맞추어 "어지럼 섞인 황홀감에" 빠져든다. 다시 말하지만, 자기를 고집하면 에로티즘의 황홀한 세계 속으로 들어갈 수 없다. 자기를 내려놓고 타자를 온몸으로 받아들여야 비로소 에로티즘으로 가는 길이 열린다.

밤과 몸을 섞어 눈부신 태양을 낳는 '나'는 시적 화자에 한
정되지 않고 어둑한 밤과 몸을 섞는 온갖 존재들이라고 말
할 수 있다. 때가 되면 어둠이 밀려오고 때가 되면 어둠이
밀려간다. 어두운 밤은 자기를 고집하지 않는다. 해가 솟기
전까지 어둠은 다만 그 안의 사물들을 푸근한 마음으로 어
루만질 뿐이다. 어둠이 뒤덮인 세상에서 마음껏 사랑을 나
누는 저 무수한 사물들을 보라. 때가 되면 떠오르는 눈부신
태양은 무엇보다 밤과 무수한 사물들이 나눈 사랑의 결정
체라고 할 수 있다. 태양 빛으로 밝아진 낮이라고 이런 밤과
다를 바 없다. 낮이면 사물들은 태양과 사랑을 나누고, 밤
이 오면 사물들은 어둠과 사랑을 나눈다. 우종숙의 시는 무
엇보다 사물과 사물이 나누는 사랑의 미학에서 비롯된다.
사랑의 미학은 제 몸을 비우는 일과 밀접하게 이어져 있다.
제 몸을 온전히 비우는 자만이 타자와 뜨거운 사랑을 나눌
수 있다.

자기를 비우는 데서 비롯되는 에로티즘의 미학은 「네 궁
에 들고 싶다」에도 분명히 드러난다. 호박벌이 호박꽃 속
을 며칠간 드나들자 그 안에 호박 하나가 맺혔다. 호박 하
나는 저 홀로 자라지 않는다. 넘치는 햇빛은 여린 잎사귀가
가려주었고, 거센 비를 막느라 잎과 줄기는 숭숭 찢겨나갔
다. 시간이 흘러 "잎이 마르고 타들어가 누렇게 마른 줄기"
만 남았을 때, 호박은 스스로 만든 생명 길에 "탯줄처럼 꽃
자리 배꼽을"이었다. 시인은 "꽃이 제 배꼽 속으로 길을 냈
구나"라는 시구로 이 상황을 표현한다. 제 속을 비우지 않
고 어떻게 길을 만들 수 있을까? 배꼽은 안과 밖을 이어주
는 생명의 길과 같다. 안과 밖이 뫼비우스의 띠처럼 이어지

지 않으면 배꼽 자리에 생명이 맺힐 수 없다. 뱃속 태아는 배꼽으로 연결된 생명줄을 통해 안이면서 밖인 어미와 소통하지 않는가. 호박 하나라고 다르지 않다. 호박벌이 호박 꽃 속을 들락거리지 않으면, 한편으로 꽃이 제 배꼽 속으로 길을 내지 않으면 호박이 "한 생애를 완성"하는 일은 일어날 수가 없다. 한 생명이 있고, 그것과 이어진 또 다른 생명(들)이 있다. 생명에서 생명으로 이어지는 그 과정이 끊이지 않는 생명의 역사를 만들어낸다.

바퀴를 굴리며 골목을 빠져나간다
자전거를 탈 때면 공기의 힘을 만질 수 있어
살아 있는 공기에 마음을 씻는다

휘파람 불며 빛의 결을 따라나서면
가득한 가슴, 주름 하나 없는 길,
비탈길 아래로 매끄러운 바람의 상상
내 몸이 페달이 되어 저 홀로 굴러가면

땅의 탄력에 솟아오르는 뿌리의 힘을 퍼 올려
발은 땅에 뿌리를 엮게 하고
머리칼을 나무의 가지가 되어 출렁이게 한다
대지에 몸을 던지면
공기가 몸속으로 폭포처럼 흘러든다

지평선까지 따라가면
길들이 솟아난다

가라앉은 세상이 강물처럼 출렁인다
가파른 길을 올라
저만치 내가 보이면 그때

내가 끌고 온 길 너머
저기 투명한 길, 투명한 공기
바다까지 나가서
고래를 한 마리 잡아 끌고
집으로 돌아오는 것이다
— 「주름 하나 없는 길」 전문

  위 시에는 자전거를 타고 골목을 빠져나가는 시적 화자가
등장한다. 얼굴을 스치는 바람의 기운을 느끼며 그는 "살아
있는 공기에 마음을 씻는다". 시원한 바람에 온몸을 내맡겨
서일까, 이런저런 걱정으로 주름진 가슴이 이제는 "주름 하
나 없는 길"로 판판해졌다. 자전거를 타는 화자는 지금 "비
탈길 아래로 매끄러운 바람의 상상"에 빠져 있다. 상상 속
에서 그는 자전거로 변해 저 홀로 굴러간다. 공기처럼 살아
있는 자전거다. 살아 있는 자전거가 된 화자는 온몸을 대지
에 던진다. "공기가 몸속으로 폭포처럼 흘러든다". 공기를
듬뿍 머금은 자전거는 땅속에 뻗은 온갖 뿌리의 힘까지 품
고 하늘 높이 솟아오른다. 자전거가 된 화자를 따라 시인의
상상은 끝없이 뻗어나간다. 상상 속에서라면 시인은 무엇
이든 될 수 있다.
  무엇이든 되어 어디든지 갈 수 있는 상상의 힘으로 시인
은 "주름 하나 없는 길"을 만들어낸다. 시의 문맥을 따른다

면, 주름 없는 길은 투명한 길이다. 투명한 길은 사방으로 뻗어 있다. "지평선까지 따라가면/ 길들이 솟아난다"라는 시구에 나타나는바, 자전거가 가는 곳마다 온갖 길들이 생겨난다. 가파른 길을 한없이 올라간 자리에서 시인은 무엇을 발견하게 될까? "저만치 내가 보이는 그때"라고 시인은 쓰고 있다. 여기서 말하는 '나'는 어떤 인격체가 아니다. 길들이 솟아난 모든 곳에 '나'가 있다. 어떻게 이런 일이 벌어지는 것일까? 자전거가 되어 하늘로 치솟은 존재가 '자기'라는 인격체에 매일 리는 없다. 시인은 그 무엇에도 매이지 않고 이런저런 존재로 자유로이 변하는 상황을 꿈꾼다. 바다에서 잡은 한 마리 고래를 끌고 집으로 돌아오는 상상 또한 다르지 않다. 우종숙은 무엇보다 이런 상상의 힘으로 시를 쓴다.

「틈」이라는 시를 따르면, 시인에게 상상은 온갖 생명이 피어나는 틈과 같다. "적당한 틈 있어야 숨을" 쉰다. 틈이 없으면 숨을 쉴 수 없으니 생명도 태어날 수 없다. 이 시에서 시인은 "딱 맞는 건 질색"이라고 선언한다. 딱 맞는 것에는 틈이 없다. 당연히 상상으로 뻗어나가는 수많은 길도 없다. "틈이 사이의 틈이 마구마구 번식한다"라는 시구를 가만히 들여다보라. 틈은 자기를 고집하지 않는다. 자기를 고집하는 순간 틈은 막혀버린다. 틈이 있는 한 꽃이 피고 지는 자연 현상은 끊임없이 일어난다. 이로 보면 자연은 틈의 산물이라고 할 수 있다. 이를테면, 느티나무는 "제 몸 비워 만든 어둠의 구멍"으로 상처를 눅이고(「느티나무」), "새는 공중을 가르고 물고기는 물속을 뚫"(「산」)는다. 빛이 비껴간 자리에 남은 그림자(「내가 사라졌어요」)라고 다를까?

바람이 가지를 흔든다
푸른 하늘에 줄기가 곧은 키를 키우고 나면
다음에 잎들을 훅, 단 휘어진 가지가 온다는 사실에
나는 꿈을 응시한다

지금 꿈을 말한 게 아니다
물길을 헤치고 산 언덕으로 말의 가지를 뻗듯
시원을 찾는 연어 이야기일지도 모른다

거슬러 오르는 작은 파고들은 물의 기원이겠다
말들이 방울지며 출렁인다
말의 꿈은 글자들이 붕어빵 파먹듯 먹어치운다

꿈은 돋을 글자가 되고 말은 희미해지자 음계가 튀어나
온다
문득 눈에 들어왔던 그 길가에 몸을
펄럭이던 낮은 꽃은 무슨 색조의 푸른 음이었을까를 생
각한다

여린 화음은 따뜻한 숨길이겠다
못 갖춘 마디의 음계 한 이파리가 물줄기를 따라간다
물방울들 낮은 음의 몸을 열어보인다

가지는 바람의 몸을 받는다
바람이 가지를 흔든다
— 「나무」 전문

바람이 가지를 흔드는 일은 자연이다. 따뜻한 바람이 불면 가지는 잎과 꽃을 피울 준비를 하고, 차가운 바람이 불면 가지는 잎과 꽃을 떨어뜨릴 준비를 한다. 하늘을 향해 곧게 뻗은 가지는 시간이 흐르면 휘어진 가지가 되는데, 이 또한 자연이라고 말할 수 있다. 바람과 가지가 벌이는 자연 현상을 보며 시인은 가만히 꿈을 응시한다. 그녀가 말하는 꿈이란 한 개인의 꿈이 아니라 "시원을 찾는 연어 이야기"와 같은 꿈이다. 때가 되면 연어는 물을 거슬러 태어난 곳으로 돌아간다. 태어나는 순간 연어의 몸에는 회귀의 운명이 새겨지기라도 하는 것일까? 시인은 회귀하는 연어를 상상하며 문득 말(언어)의 꿈을 떠올린다. 인간은 말을 통해 세계와 접촉한다. 말의 꿈이란 이리 보면 세계를 완전하게 이해하려는 꿈이라고 할 수 있다. 하지만 이것이 불가능하다는 점을 우리는 잘 알고 있다. 인간의 언어로는 표현할 수 없는 잉여가 사물에는 스며 있기 때문이다.

사물의 언어는 어떨까? 인간의 언어는 사물과 간접적인 관계를 형성하고 있다. 언어로 사물을 직접적으로 표현할 수 없다는 말이다. 시인은 사물과 사물을 잇는 언어의 형태를 "음계"로 파악한다. 바람이 가지를 흔드는 일과 가지가 불어오는 바람을 온몸으로 받는 일은 동시에 일어난다. 바람이 가지를 흔드는 바로 그 순간 가지는 바람의 몸을 받는다. 사물의 언어는 말 그대로 몸의 언어다. 몸과 몸이 맞닿아 표출된다는 점에서 사물의 언어는 직접성을 띠는 언어라고 할 수 있다. 말의 꿈은 바로 여기서 뻗어 나온다. 시인은 말로 사물의 심연을 표현하는 꿈을 꾸지만, 그 말로 해서 사물의 심연으로 들어설 수 없는 한계 지점에 직면한다. 한

계 지점을 넘어 사물의 심연으로 들어서려면 시인은 스스로 사물이 '되어' 사물의 언어를 사용해야 한다. 당연한 말이지만, 사물이 되려면 인간을 포기해야 한다. 정확히 말하면 인간이라는 '틀'을 벗어나 자기를 완전히 내려놓는 과정이 필요하다.

우종숙은 이번 시집에서 자기를 내려놓고 사물의 언어를 받아들이는 시적 고투를 뚜렷하게 드러내고 있다. 우물 안의 개구리가 세상을 보려면 우물 밖으로 뛰쳐나가야 한다. 목숨을 걸지 않고 어떻게 우물 밖으로 나갈 수 있을까? 옥타비오 파스가 시작詩作을 치명적 도약이라고 명명한 까닭이 여기에 있다. 치명적 도약은 말 그대로 목숨을 건 도약을 가리킨다. 불교적인 맥락으로 그것은 자아를 버리고 무심無心에 이르는 경지를 의미한다. 무심에 이른 존재는 자기를 중심에 세우고 세계를 판단하지 않는다. 타자의 시선으로 자기를 들여다보는 일을 끊임없이 행한다. 시를 쓰는 일이란 이리 보면 타자의 시선으로 자기를 들여다보는 작업인지도 모른다. 자기를 내려놓고 타자의 시선을 온몸으로 받아들이는 순간 시인은 지금까지 보지 못했던 어떤 세계와 마주하게 된다. 하지만 그리로 가는 길은 참으로 험난하다. 죽음에 대한 공포를 쉬이 떨쳐낼 수 없기 때문이다.

내가 쓴 글자들은 그대로
뻣뻣하게 식어가는 물체가 된다

글자는 숨 쉬지 못하고
그대로 굳어버리는 것이다

머리 속의 뜨끈한 생각의 덩어리가
얼음처럼 무겁게 종이 위에 내려 앉았다가
맛없게 해동된 쇠고기처럼 피도 물도 아닌
핏물이 줄줄 흘러 번지는 것이다.
　　　—「말을 삼키다」 부분

위가 내게 말한다
내 생각은 뇌가 아니라
이놈이 날것의 사유를 하는 듯하다

내 기를 세상의 기와 조율하여
감정을 변환시키는 변압기인 듯하다

꼼꼼하게 네 글을 번역한다
늘 오독투성이 내지는 오역투성이였다

위의 언어는 내 몸이면서
알 수 없는 이방의 언어
　　　—「몸속에 말이 있다」 부분

　「말을 삼키다」에서 시인은 종이 위에 쓴 글자들이 **뻣뻣**하
게 죽어가는 장면을 목격한다. 글자는 왜 제대로 숨을 쉬지
못하고 굳어버린 것일까? 인간의 언어에는 수많은 의미가
들붙어 있다. '개'라는 말로 인간은 사물을 표현하지만, 이
말이 붙는 순간 개는 한 사물로서 그 생명을 잃어버린다. 시

인의 말대로 뻣뻣하게 죽은 글자 '개'만 우리 앞에 나타나는 것이다. 시인은 "머리 속의 뜨끈한 생각의 덩어리가" 종이 위에 내려앉는 순간 벌어지는 이상한 현상을 "맛없게 해동된 쇠고기처럼"이라는 시구로 표현한다. 글자는 종이 위에서 마음껏 뛰어놀지 못한다. 그렇다는 건 글자에게 종이는 죽음의 터전이라는 걸 의미한다.

시인은 "뜨끈한 생각의 덩어리"를 정확하게 표현할 글자를 종이 위에 적고 싶지만, 그럴수록 글자는 더 깊은 통념의 그늘 속으로 빠져버린다. 시간이 흐르면 해동된 쇠고기에는 "피도 물도 아닌/ 핏물이 줄줄 흘러 번"질 뿐이다. 살아 있는 글자는 눈을 씻고 봐도 찾을 수 없다는 얘기다. 살아 있는 글자는 그럼 불가능한 것일까?「몸속에 말이 있다」에서 시인은 위胃의 언어를 "내 몸이면서/ 알 수 없는 이방의 언어"로 이야기한다. 자기 몸속에 위가 있는 게 분명하지만, 우리는 위를 통해 드러나는 "날것의 사유"를 도무지 통제할 수 없다. 날것의 사유란 몸과 직접적으로 통하는 사유라고 말할 수 있다. 언어로 따지자면, 사물과 언어를 직접적으로 이어주는 형식이라고나 할까.

시인의 말마따나 "내 기를 세상의 기와 조율하여/ 감정을 변환시키는 변압기" 역할을 하는 게 바로 위의 언어다. 문제는 날것의 사유로서 위의 언어를 우리는 직접 받아들일 수 없다는 점에 있다. 시인은 "꼼꼼하게 네 글을 번역한다"라고 쓴다. 하지만 번역한 글은 늘 오독투성이고 오역투성이다. 위가 전하는 언어를 우리가 제대로 이해하지 못하는 이유는 무엇일까? "이방의 언어"라는 시구에 그 해답이 나와 있다. 이방의 언어를 알아들으려면 이방의 언어가 운용

되는 규칙을 알아야 한다. 타자를 알려면 타자의 시선으로 타자를 들여다봐야 하는 것과 같은 이치다. 하지만 우리는 위가 아플 때만 위에 집중한다. 평소에는 위가 보내는 신호(언어)에 관심을 기울이지 않는다. 그러니 문제가 발생했을 때는 이미 그에 대처할 수 없는 상황이 되어버린다.

종이를 찢어버려 글자들이 조각났다 조각난 말들은 제 의미를 놓치고 뿔뿔이 흩어졌다 깨진 유리조각 맞추듯 말을 기워 나갔지만 이미 생긴 틈으로 내 말은 너덜너덜해졌다 이은 자리마다 제각각의 뜻이 들어섰다

박물관의 깨진 기와조각처럼 원래의 나와 모호한 나 사이에 천개의 내가 있었다
―「천개의 나」 전문

녹이 슬었다

얼마나 숫돌 갈기를 멀리 한 것일까 녹물이 뻘겋다 입에 곰팡이가 슬었다 혀가 굳어 딱딱하다 말이 무디어 잘 듣지 않아

자신을 갈고 있다 몸이 칼이 된다 머리칼 지느러미칼 송곳칼 머리칼은 바람을 베고 지느러미 칼은 풍향을 잡는다 송곳칼은 수맥을 살핀 후 글자의 수심을 꽂는다

글자들이 흘러가는 곳이 어디인지 산란지가 어디인지 가

늠해야 한다 부화하는 알을 찔러야 한다

몸칼이 되어야 한다
　　ー「귀소의 칼」 전문

　종이를 찢어버리자 글자들도 조각나는 상황이 「천개의
나」에는 펼쳐진다. 종이는 글자들을 의미로 가두는 감옥과
같다. 당연히 "조각난 말들은 제 의미를 놓치고 뿔뿔이 흩
어졌다". 말들이 자유를 얻은 상황이라고 말하면 어떨까?
시인은 유리 조각을 맞추듯 말을 기워 나갔지만, 자유를 얻
은 말들이 순순히 그에 응할 리 없다. "이미 생긴 틈으로 내
말은 너덜너덜해졌다". 틈은 생명이 뻗어나가는 자리이다.
틈이 있는 곳마다 생명이 솟아난다. 말의 틈이라고 다르지
않다. 다양한 뜻들이 말에 들러붙어 하나로 환원할 수 없는
말의 자리가 생겨났다. 시 제목인 천 개의 나는 천 개의 뜻
과 어울린다. 무수한 의미가 들러붙은 말을 어떻게 통제할
수 있을까? 시인은 "원래의 나와 모호한 나 사이에 천 개의
내가 있었다"라고 이야기한다. 수많은 나가 있으므로 수많
은 뜻이 있을 수밖에 없다. 헤아리기 힘들 만큼 많은 이방의
언어가 "박물관의 깨진 기와조각처럼" 여기저기 흩어져 있
다. 이것을 받아들이느냐 마느냐의 여부는 온전히 말을 쓰
는 자들의 몫이라고 할 수 있다.
　'천 개의 나'가 되어 천 개의 언어를 쓰면 무엇보다 녹이
슨 칼(말)을 날카롭게 갈아야 한다. 「귀소의 칼」에서 시인
은 녹물이 뻘겋게 든 칼을 숫돌에 갈고 있다. 입에는 곰팡이
가 슬었고 혀는 굳어 딱딱하다. 이런 칼로 무엇을 베며, 이

런 말로 무엇을 표현할 수 있을까? 시인은 무딘 칼을 가는 마음으로 무딘 몸을 벼린다. 무딘 몸이란 정확히 말하면 뇌 =이성에 종속된 몸을 가리킨다. 칼처럼 벼린 몸으로는 위 (胃)가 전하는 말을 즉각 알아챌 수 있다. 날카로워진 몸의 칼로 시인은 무엇을 하고 싶은 것일까? "머리칼 지느러미 칼 송곳칼 머리칼은 바람을 베고 지느러미 칼은 풍향을 잡 는다 송곳칼은 수맥을 살핀 후 글자의 수심을 꽂는다". 바 람을 잡는 칼과 풍향을 잡는 칼, 그리고 글자의 수심을 꽂는 칼로 시인은 글자들이 태어나고 흘러가는 곳을 가늠하려고 한다. 연어와 같은 본능으로 시인은 "몸칼이 되어" 언어가 갓 피어난 자리로 돌아가려고 한다.

어스름 저녁의 빛을 점점한 수묵이라고 하자 그 밝은 것 과 어두운 것이 섞이는 시간 같은 언어가 나의 짝다리 언어 다 둘이 껴안는 시간처럼 나무들이 반쯤 합쳐지는 시간처 럼 우주가 실눈을 깜박하는 순간처럼 그러나 어둠이 스미 는 건지 밝음이 스며 안기는 건지

끄트머리가 사라졌다
—「끄트머리」 전문

취나물을 넣고 비빔밥을 비비다가 당신이 계란 후라이를 곁들이듯 나도 당신이 준 참기름을 곁들인다

갔다 할 수 없는 봄처럼 가고 있는 봄처럼 왔었나 싶게 간 당신이 먼저 떠오르는 것은 왜일까

당신을 불러본다 이름 붙일 수 없는 당신이라서

오는 듯 가는 봄처럼 환한 한때의 오후처럼 애틋한 체온
처럼 당신은 마음속에서 시도 때도 없이 저 홀로 피고 진다

이름 지을 수 없는 당신을 불러본다
　　―「비빔밥을 비비다가」 전문

동네를 안고 있는 낮은 산발치 아래 진또배기 같고 물 고
운 에미 치맛자락 같다 하늘 땅 이어주는 신의 큰 손바닥 되
어 천공 아래 있다 지붕 위에 막 앉으려고 나래 접는 새처럼
해의 끈을 놓지 않는다 선조들이 지키려 했던 족보처럼 먼
신화를 만들어 내며 세월 그 언저리 이야기 무성하다 주술
같은 힘으로 땅 신의 혼불을 뿜어낸다 어제의 내력을 받아
들고 알알이 넋을 토한다 가지마다 내려앉는 햇살이 되레
새파랗게 놀란 표정을 짓는다 막바지 수행중이다
　　―「은행나무」 전문

　사물을 직접 표현하는 글자들은 어디서 오는 것일까? 시
인은 기억 속에서 빛나는 어떤 세계들에 주목한다. 「끄트머
리」에는 밝은 것과 어두운 것이 섞이는 시간의 언어가 "어
스름 저녁의 빛"으로 나타난다. 밝은 것과 어두운 것이 겹
치면서 미묘한 시간의 흐름이 표현된다. 그것은 "나무들이
반쯤 합쳐지는 시간"으로 드러나기도 하고, "우주가 실눈
을 깜박하는 순간"으로 표출되기도 한다. 밝음 속에 어둠이

스미고, 어둠 속에 밝음이 스미는 이 시간의 결을 따라가다 보면, 우리는 시간의 '끄트머리'와 마주하게 된다. 끄트머리라고 했지만, 시간의 끄트머리는 늘 또 다른 시간의 시작점과 이어져 있다. 그것은 뫼비우스의 띠와 같아서 한참 달리다 보면 우리는 반복되며 흐르는 시간의 어느 한 지점에 서 있는 것을 문득 발견한다.

물론 시간의 반복은 같은 것의 반복이 아니다. 같으면서도 다른 것들이 끊임없이 반복되며 이 세계를 이룬다. 우종숙이 길어 올린 사물의 언어는 바로 여기서 비롯된다. 저 먼 기억 속에 은은하게 남은 그 무언가를 '감각'이라고 말해도 무방할 것이다. 감각은 하나로 환원되지 않는 맥락을 항상 그 안에 품고 있다. 감성이 이성의 통제를 따른다면, 감각은 이성의 통제를 따르지 않는다. 문득 떠올라 우리네 마음 깊숙한 자리를 울리는 기억을 떠올려 보라. 그 기억은 내리누른다고 사라지지 않는다. 그러기는커녕 내리누를수록 더욱더 살아남아 우리네 삶에 깊은 흔적을 남긴다. 감성의 언어가 아닌 감각의 언어를 산출한다.

「비빔밥을 비비다가」에 나타나듯, 비빔밥을 먹는 날이면 시인은 어김없이 당신을 떠올린다. 이름을 붙일 수도, 이름을 지을 수도 없는 당신은 "오는 듯 가는 봄처럼 환한 한때의 오후처럼 애틋한 체온처럼" 시인의 마음 깊이 스며 있다. 비빔밥에 참기름을 곁들일 때도 시인의 뇌리에는 어김없이 당신이 펼쳐진다. 당신은 지금 이곳에 없지만, 당신과 함께했던 그 날의 감각은 지금도 살아 있다. 이 감각을 시인은 과연 어떤 언어로 표현할 수 있을까? 그 무엇으로도 표현할 수 없기에 시인은 오늘도 가만히 당신을 불러본다. 이름 지을 수 없는 당신의 이야기는 「은행나무」에서도 그대로 이어진다. "하늘 땅 이어주는 신의 큰 손바닥"이라는 시구에 암시된바, 시인은 은행나무가 품은 "족보처럼 먼 신화"에 주목하고 있다.

시인에게 은행나무는 하늘을 향해 솟은 솟대의 새(진도배기)와 같고, 물이 고운 어미의 치맛자락과도 같다. 오랜 시간 전해 온 무성한 이야기를 가슴에 품은 은행나무는 주술 같은 힘으로 혼불을 뿜어낸다. 얼마나 많은 영혼이 은행나무에 스며들어 있을까? "어제의 내력을 받아들고 알알이 넋을 토"하는 은행나무 가지마다 새파랗게 놀란 표정을 짓는 햇살이 내려앉는다. 은행나무에는 한 개인의 내력뿐만 아니라 한 마을, 한 나라의 역사가 아로새겨져 있다. 시인은 헤아릴 수 없는 시간을 품은 채 "막바지 수행중"인 은행나무를 들여다보며 보이지 않는 시간의 흔적을 하나하나 헤아린다. 은행나무가 되지 않고 어떻게 은행나무의 목소리를 들을 수 있을까? 시작詩作이란 그런 것이다. 자기를 내려놓고 사물을 온전히 받아들이는 데서 시 쓰기는 시작된다. 우종숙의 시라고 다르지 않다.

자신을 시적 대상으로 삼은 「우종숙」이라는 시에서 시인은 "편편히 이어 붙이는 게 나의 말"이고 "나"라고 분명히 선언한다. '우종숙'이라는 이름을 사람들은 자꾸만 '오종숙'으로 듣는다. 시인이 "오가 아니고 우리 할 때 우"라고 해도 사람들은 자꾸만 '우'를 '오'로 알아듣는다. '우'가 됐든, '오'가 됐든 '우종숙'이라는 사람은 달라지지 않는다. 그런데도 우리는 저마다 잘못 불리는 이름에 자꾸만 매달린다. 존재가 이름을 결정하는 게 아니라 이름이 존재를 결정한다는 통념에 매여 있다고나 할까? 이름에 매일수록 사물의 본질은 그만큼 더 멀어진다는 점을 우리는 이미 이야기했다. 시인의 말마따나 "고양이는 고양이 은행나무는 은행나무 나는 나"일 뿐이다. 인간이 언어로 규정할 수 없는 자리에 고양이가 있고, 은행나무가 있고, 내가 있다. 저만치 달아나는 말을 따라간다고 고양이가, 은행나무가, 내가 확연히 드러나는 것은 아니다. 사물의 언어에 민감한 시인이 이 점을 모를 리 없다.

　　말을 시퍼렇게 갈고 있다

　　단칼에 베어 아픔을 느끼지 못하도록 떨어진 제 목을 보고 환하게 웃을 수 있도록 내 말이 바람처럼 날렵해 표정이 베이지 않도록 포정의 칼처럼 평생을 쓸 말을 갈고 있다

　　모래에 스미는 물처럼 파랗게 벼리고 있다

　　푸른 하늘에 나는 새털처럼 부드러운 율동, 빛과 같은 속도로 꽂히는 한 마디 화살처럼 천리마가 날고 있다

　　그러나 뒷모습만 보이는 말은 자욱이 먼지만 남기고 사라져 버린다 고삐를 단단히 잡지 않으면 굴러 떨어지거나 제멋대로 날뛰기 일쑤인 말인 것을,

　　말이 나를 베어버린다
　　―「포정의 칼」 전문

녹이 슨 칼로는 단번에 사물의 목을 벨 수 없다. 시인은 시퍼렇게 간 칼처럼 날카로운 말로 사물에 다가가려고 한다. 한없이 민감한 사물의 언어와 마주하려면 그에 걸맞은 칼을 지니고 있어야 한다. 위 시에서 시인은 그것을 '포정의 칼'이라고 이름 붙인다. 포정庖丁은 소를 잡는 백정이다. 뛰어난 솜씨로 소를 잡아 당대에 그 재주를 인정받았다. 포정이 날카로운 칼로 소를 잡아 재능을 뽐냈듯, 시인 또한 시퍼렇게 간 말로 단칼에 사물의 목을 베는 꿈을 꾸고 있다. 녹슨 말을 쓰면 사물의 진면목을 표현하기도 힘들뿐더러, 사물에 이런저런 상처를 내기 마련이다. "바람처럼 날렵해 표정이 베이지 않는" 말을 갈고 닦으려면 사물 저마다의 특성을 정확히 알아야 한다. 사물을 제대로 표현하는 시어는 우연히 얻어지지 않는다. 수많은 시간을 들여 시인은 사물을 관찰했을 테고, 그 과정에서 사물과 어울리는 시어를 발견했을 테다. "모래에 스미는 물처럼 파랗게 벼"린 칼과 말을 상상해 보라. 그런 칼과 말이어야 포정처럼 그 무엇에도 매이지 않는 시인이 나올 법하다.

시인이라면 푸른 하늘을 나는 새털처럼 부드러운 율동을 꿈꾸고, 빛과 같은 속도로 꽂히는 한 마디 화살처럼 하늘을 나는 천리마를 꿈꿀 것이다. 사물의 언어로 사물과 하나가 되는 이 꿈은 그러나 자욱한 먼지만 남기고 저 멀리 사라지는 언어처럼 덧없는 일이 되어버린다. 고삐를 단단히 잡지 않으면 사방으로 날뛰는 말을 진정시킬 수가 없다. 포정의 칼은 여기서 빛을 발한다. 중요한 것은, 포정의 칼이 향하는 대상은 사물이 아니라 사물의 사랑을 갈구하는 '나'라는 점에 있다. "말이 나를 베어버린다"라는 이 시의 결구를 가만히 주목해 보라. 말이 나를 수없이 베어버려야 나 또한 말을 벨 수 있는 포정의 칼을 더욱더 날카롭게 벼릴 수 있다. 푸른 하늘을 나는 새털이 되려면 그만큼 가벼워져야 하고, 빛과 같은 속도로 내달리려면 그만큼 연습하고 또 연습해야 한다. 그래야 말이 나를 베는 극한의 고통을 견딜 수 있다.

우종숙은 극한의 고통을 품은 '포정의 언어'로 자기만의 독특한 시 세계를 일구고 있다. 칼로 몸을 도려내는 아픔의 언어는 동시에 사물을 온몸으로 끌어안는 사랑의 언어로도 구현된다. 사물을 사랑하고, 그 속에서 새로운 생명을 창출하는 우종숙의 시작詩作은 이렇게 사랑과 아픔이 하나로 어울리는 '몸칼'의 시학으로 거듭난다. 온몸을 벼린 칼의 언어를 무기로 시인은 사물과 온전히 소통하는 시의 세계를 구축하려고 한다. 그리로 가는 길을 꿈이라고 말해도 상관없다. 시인이 되어 포정의 언어를 거침없이 휘두르는 게 한없이 중요한 일이니까. 사랑의 희열은 늘 사랑의 고통을 동반하는 법이다. 희열 없는 고통이나 고통 없는 희열은 없다고 말해도 좋다. 우종숙은 시를 쓰는 일이 그와 다르지 않다는 점을 그 누구보다 잘 알고 있다.

우 종 숙

우종숙 시인은 충북 청주에서 태어났고, 한남대학교 사회문화, 행정복지대학원을 졸업했다. 2001년 『애지』로 등단하였으며, 현재 애지문학회, 한남문학회, 그리고 작가회의 회원으로 활동하고 있다.

우종숙 시인은 그의 첫 번째 시집인 『포정의 칼』에서 극한의 고통을 품은 '포정의 언어'로 자기만의 독특한 시 세계를 일구고 있다. 칼로 몸을 도려내는 아픔의 언어는 동시에 사물을 온몸으로 끌어안는 사랑의 언어로도 구현된다. 사물을 사랑하고, 그 속에서 새로운 생명을 창출하는 우종숙의 시작詩作은 이렇게 사랑과 아픔이 하나로 어울리는 '몸칼'의 시학으로 거듭난다.

이메일   ujs28@naver.com

우종숙 시집
포정의 칼

발　행	2024년 12월 5일
지은이	우종숙
펴낸이	반송림
편집디자인	반송림
펴낸곳	도서출판 지혜, 계간시전문지 애지
기획위원	반경환
주　소	34624 대전광역시 동구 태전로 57, 2층 도서출판 지혜
전　화	042-625-1140
팩　스	042-627-1140
전자우편	eji@ji-hye.com
	ejisarang@hanmail.net
애지카페	cafe.daum.net/ejiliterature

ISBN	979-11-5728-560-0　03810
값	10,000원

* 이 사업은 대전광역시, (재)대전문화재단에서 사업비 일부를 지원 받았습니다.